DE

L'ADMISSION A DOMICILE

CONSIDÉRÉE

COMME CONDITION PRÉLIMINAIRE DE LA NATURALISATION

PAR

Arm. PIGNON

DOCTEUR EN DROIT,
SUBSTITUT DU PROCUREUR DE LA RÉPUBLIQUE PRÈS LE TRIBUNAL DE TONNERRE.

PARIS

ERNEST THORIN, ÉDITEUR

Libraire du Collège de France, de l'École normale supérieure,
des Écoles françaises d'Athènes et de Rome

7, RUE DE MÉDICIS, 7

—

1880

DE

L'ADMISSION A DOMICILE

TOULOUSE. — IMP. A. CHAUVIN ET FILS, RUE DES SALENQUES, 28.

DE

L'ADMISSION A DOMICILE

CONSIDÉRÉE

COMME CONDITION PRÉLIMINAIRE DE LA NATURALISATION

PAR

Arm. PIGNON

DOCTEUR EN DROIT,
SUBSTITUT DU PROCUREUR DE LA RÉPUBLIQUE PRÈS LE TRIBUNAL DE TONNERRE.

PARIS

ERNEST THORIN, ÉDITEUR

Libraire du Collège de France, de l'École normale supérieure,
des Écoles françaises d'Athènes et de Rome
7, RUE DE MÉDICIS, 7

1880

DE

L'ADMISSION A DOMICILE

CONSIDÉRÉE

COMME CONDITION PRÉLIMINAIRE DE LA NATURALISATION

La naturalisation a été soumise à de nombreuses variations aux diverses époques de l'histoire; elle est de ces institutions qui ressentent particulièrement le contre-coup des événements politiques et subissent l'influence des progrès réalisés sans cesse dans l'ordre économique et social.

Mais si le développement des relations internationales doit inviter les Etats à se montrer plus libéraux qu'autrefois envers les étrangers, les conséquences de la naturalisation sont néanmoins trop importantes pour qu'on n'exige pas de ceux qui la sollicitent des garanties sérieuses de moralité et d'attachement sincère à la patrie dont ils veulent être citoyens. Chaque Etat est libre de déterminer les conditions auxquelles on lui appartiendra (1); il doit, dans cette détermination, envisager à la fois l'intérêt légitime de l'étranger et l'intérêt des sujets dont il lui incombe de sauvegarder la dignité et l'indépendance.

Notre législation satisfait-elle à cette double nécessité? De bons esprits pensent que non, et un certain nombre de députés, se faisant l'écho des critiques adressées à notre loi, ont présenté à la Chambre, dans ces derniers temps, une proposition pour modifier en plusieurs points les textes en vigueur (2).

---

(1) « Each nation is to judge for itself whom it will receive into naturalization. » Dudley-Field, *Outlines of an international code*, n° 269.

(2) Proposition de loi de M. Escanyé et d'un certain nombre de ses collègues, déposée à la Chambre des députés le 20 février 1877 (*Journal off.* du 27 février). — Rapp. somm. en date du 17 mars 1877 (*Journal off.* du 27 mars).

1

On sait qu'aux termes de la loi du 29 juin 1867, la naturalisation peut être accordée par décret du président de la République, rendu sur le rapport du ministre de la justice, le Conseil d'Etat entendu. Les conditions préalables qui doivent rendre admissible la demande de l'étranger sont : 1° d'avoir obtenu, après l'âge de vingt et un ans, l'autorisation d'établir son domicile en France, conformément à l'article 13 du code civil ; 2° d'y avoir résidé pendant trois années, lorsque l'impétrant n'a pas rendu à la France des services particuliers.

L'obligation d'obtenir cette autorisation de domicile ou admission à domicile étant une des dispositions les plus attaquées de la loi actuelle, c'est la question de l'opportunité de sa suppression que nous nous proposons d'étudier ici.

1. La résidence exigée de l'étranger qui sollicite le bénéfice de la naturalisation revêt, dans la législation française, un caractère tout particulier. Ce n'est pas un séjour quelconque dont on demande la preuve au pétitionnaire : c'est un domicile légal, autorisé par le gouvernement (Loi du 29 juin 1867, art. 1er). Avant 1867, le domicile ne pouvait être valable que sur le sol de la France ; on a ajouté, non sans discussion, que le séjour en pays étranger pour l'exercice d'une fonction conférée par le gouvernement français serait assimilé au séjour en France (art. 1er, 3e al.).

2. La procédure de l'admission à domicile est la suivante : L'étranger, majeur de vingt et un ans, qui sollicite cette faveur, doit adresser au ministre de la justice une demande sur timbre, accompagnée de son acte de naissance traduit et légalisé, ou, à défaut, de toute autre pièce en tenant lieu ; il importe que l'état civil de l'impétrant soit bien constaté. La demande doit contenir l'engagement d'acquitter les droits de sceau (175 fr. 25). La chancellerie se montre peu disposée à accorder la remise de ces droits à l'étranger qui ne se trouve pas dans des conditions particulièrement favorables. Il est ensuite procédé à une enquête administrative par le préfet de police à Paris, par le préfet du département dans le reste de la France. Le préfet adresse à la chancellerie un rapport sur les antécédents, la moralité, les ressources de l'impétrant, et conclut à l'admission ou au rejet de la demande. Alors intervient, s'il y a lieu, sur la proposition du garde des sceaux, le décret qui admet l'étranger à fixer

son domicile en France pour y jouir des droits civils, conformément à l'article 13 du code civil, tant qu'il continuera d'y résider. Cette autorisation peut toujours être révoquée ou modifiée par décision du gouvernement, qui doit prendre l'avis du Conseil d'Etat (art. 3 de la loi du 3 décembre 1849).

Nous examinerons d'abord quels ont été les motifs de la création de cette institution, et nous rechercherons ensuite s'il existe encore des raisons suffisantes pour justifier son maintien dans la législation actuelle de la naturalisation.

I

EXPOSÉ HISTORIQUE.

3. L'étude des travaux préparatoires du code civil nous montre, chez les rédacteurs de l'article 13, un double dessein, savoir : d'une part, adoucir la condition des étrangers qui manifestaient l'intention de se fixer en France ; d'autre part, rendre au pouvoir exécutif une certaine participation à la concession des droits civils, et même politiques, en France.

4. 1° L'idée qui ressort directement des termes de l'article 13 est celle que nous exprimions en premier lieu. On a entendu établir une catégorie intermédiaire entre celle de l'étranger et celle du citoyen français : l'étranger ne jouissant que des droits, dits publics, et de quelques droits civils ; le Français ayant la plénitude des droits civils et politiques. Cette catégorie mixte, dans laquelle pouvaient être admis des étrangers désireux, tout en conservant leur nationalité, de rester en France un certain temps, était surtout créée en vue des aspirants à la naturalisation (1). Le séjour de dix années, imposé à ces derniers par l'article 3 de la Constitution du 22 frimaire an VIII, leur était en effet très pénible, à cause de l'infériorité juridique dans laquelle ils se trouvaient vis-à-vis des Français.

5. On connaît la controverse qui partage les interprètes des articles 11 et 13, C. civ., au sujet du *criterium* d'après lequel on doit déterminer quels sont les droits civils, c'est-à-dire les droits dont sont privés les étrangers ordinaires. Nous n'entre-

______
(1) *Exposé des motifs.* Locré, II, p. 224.

rons pas dans ce débat plus théorique que pratique, car on convient généralement que les divers systèmes, si éloignés que semblent être leurs points de départ respectifs, aboutissent à des conclusions peu différentes.

Nous n'entreprendrons pas davantage l'énumération des prérogatives qu'on s'accorde à ranger parmi les droits civils. On verra assez le degré d'infériorité où se trouvaient les étrangers, si nous rappelons seulement la situation qui leur était faite en ce qui touche la contrainte par corps et celle que les rédacteurs du Code projetaient de leur créer en matière d'acquisitions à titre gratuit.

6. Les lois qui contenaient les règles de la contrainte par corps lors de la promulgation du titre I du code civil étaient les lois du 15 germinal et du 4 floréal an VI. Cette dernière, spéciale d'après son titre aux engagements de commerce entre Français et étrangers, était générale d'après son dispositif, qui permettait de l'appliquer même aux dettes civiles contractées par des étrangers envers des Français (1). Elle distinguait deux catégories d'étrangers : ceux qui possédaient des propriétés foncières ou un établissement de commerce en France, et ceux qui n'en possédaient pas. Les premiers n'étaient contraignables par corps que dans les cas où les Français l'étaient eux-mêmes pour des stipulations de même nature (art. 2). Les autres, au contraire, étaient soumis à la contrainte par corps d'une manière genérale pour tous engagements par eux contractés avec des Français dans l'étendue de la République (art. 1er).

Quant aux acquisitions par succession, donation ou legs, on sait que les législateurs de 1803 voulaient les interdire aux étrangers, et ont édicté, à cet effet, les articles 726 et 912, C. civ.

La gravité de ces dispositions, eussent-elles été les seules (et elles ne l'étaient pas), suffisait à justifier la création d'une situation privilégiée au profit des étrangers que le gouvernement jugerait dignes de sa faveur.

7. 2° Mais les rédacteurs de l'article 13, avons-nous dit, étaient inspirés par une seconde pensée. L'examen des travaux préparatoires nous la fait découvrir très nettement exprimée

____

(1) Dalloz, v° *Contr. par corps*, n°s 23 et 518.

dans les discours des orateurs du gouvernement. On voulait réagir contre le système de la naturalisation de plein droit consacré par la constitution de l'an VIII et rendre au pouvoir exécutif, en matière de naturalisation, une influence qui, d'abord indirecte, deviendrait plus tard directe et exclusive. Il est dans l'intérêt national et dans le véritable sens de la constitution, dit Boulay, il est dans la nature des choses qu'un étranger ne puisse devenir citoyen français que *quand il est admis par le gouvernement à le devenir* et qu'on a par conséquent l'assurance ou au moins l'espoir qu'on fera dans sa personne une acquisition précieuse (1). — Il n'est pas interdit au législateur, dit Siméon au tribunat, d'organiser les règles générales que la constitution a posées. La constitution de l'an VIII exige une déclaration de la part de l'étranger qui veut se fixer en France ; elle n'en a pas prescrit le mode, donc elle en a laissé le soin au législateur. C'est ce que fait l'article 13, qui d'ailleurs se justifie parfaitement (2).

L'intention est donc manifestée clairement ; on veut donner au pouvoir exécutif le droit de mettre obstacle à toute naturalisation, en refusant à l'étranger l'autorisation d'établir son domicile en France.

8. L'avis du conseil d'Etat du 20 prairial an XI a complété la pensée des rédacteurs de l'article 13 en décidant que dans tous les cas où un étranger voudrait s'établir en France, il serait tenu d'obtenir la permission du gouvernement... Cependant cet avis, n'ayant pas été inséré au *Bulletin des Lois*, n'a jamais été considéré cemme rigoureusement obligatoire, et l'on a décidé que la déclaration d'intention exigée par la constitution d'une part, et l'admission à domicile accordée par le gouvernement d'autre part, auraient également pour effet, chacune isolément, de faire courir le stage de dix années (3). C'est à raison de ces incertitudes que la loi du 3 décembre 1849, dans son article 6, a considéré, comme ayant pu former le point de départ du stage, antérieurement à sa promulgation, la simple déclaration prescrite par l'article 3 de la Constitution de l'an VIII.

9. Le décret impérial du 17 mai 1809 vint bientôt rendre superflu le détour employé pour donner au gouvernement la haute main sur les naturalisations. Rétablissant, comme l'avaient déjà fait pour la naturalisation exceptionnelle les sénatus-con-

---

(1) *Exposé des motifs*. Locré, II, p. 224, n° 15.

(2) Locré, II, p. 240, n° 5.

(3) Décision du min. de la justice, 16 févr. 1825 et 14 août 1830. — Roll. de Vill., *Rép. de la jurispr. du notariat*, v° *Natur.*, § 2, n° 9. — Demol., I, p. 176, note 1.

sulte des 26 vendémiaire an XI et 19 février 1808, la pratique antérieure à la Révolution, il disposait, qu'après l'accomplissement des conditions déjà prescrites, la qualité de citoyen français ne serait pas encore acquise si elle n'était conférée par un décret du chef de l'Etat, inséré au *Bulletin des Lois*.

Désormais, des deux raisons d'être de l'admission à domicile, la seconde avait disparu. Au fur et à mesure que nous nous rapprocherons de l'époque actuelle, nous constaterons l'effacement progressif de la première.

10. C'est en cet état que la loi du 3 décembre 1849 trouva la législation (1).

Cette loi n'était pas une œuvre de refonte de la matière et de réforme législative ; elle se bornait à peu près à coordonner en un seul tout les dispositions antérieures et à les résumer dans un texte précis.

Elle déclarait formellement que les dix années de séjour, qu'elle continuait à exiger, couraient du jour où l'étranger, majeur de vingt et un ans, aurait obtenu l'autorisation de fixer son domicile en France, conformément à l'article 13 code civil (art. 1er).

11. On pouvait encore justifier, dans l'état du droit à cette époque, l'obligation imposée aux étrangers d'obtenir l'autorisation du gouvernement pour faire courir leur stage. En effet, bien que la loi du 14 juillet 1816 eût mis sur le même pied, en matière d'acquisitions à titre gratuit et de successions, les Français et les étrangers même non domiciliés, la condition de ces derniers était loin d'être égale, à d'autres points de vue, à celle des nationaux. Ainsi, d'après la loi du 17 avril 1832, la contrainte par corps s'exerçait avec une rigueur particulière contre l'étranger ordinaire, débiteur d'un Français. De plus, même avant le jugement de condamnation, lorsque la dette était échue ou exigible, le président du Tribunal de première instance dans l'arrondissement duquel se trouvait l'étranger avait le droit d'ordonner son arrestation provisoire, sur la requête du créan-

---

(1) Nous ne mentionnons que pour mémoire le décret transitoire et exorbitant du 28 mars 1848. Nous n'avons pas à parler non plus de l'ordonnance du 4 juin 1814 sur la grande naturalisation, car il a toujours été admis par la chancellerie et par la jurisprudence que la concession des lettres de grande naturalisation n'était subordonnée à aucune condition de domicile antérieur en France.

tier français (art. 14 et 15 de la loi). Ajoutons que le débiteur étranger demeurait privé du droit de se soustraire à l'emprisonnement par la cession de biens (art. 905, C. proc.).

Les autres incapacités, de moindre importance, continuaient à frapper l'étranger. Comme elles existent encore, il en sera parlé à propos de la législation actuelle (n°⁵ 15 et s.).

La loi de 1849 avait ajouté aux avantages que procurait l'admission à domicile, en soumettant la révocation de l'autorisation à la formalité d'un avis du Conseil d'Etat (art. 3).

Une période de dix années devant s'écouler avant que la demande de naturalisation fût recevable, l'intérêt des étrangers résidant en France les portait naturellement à s'assurer dès à présent la jouissance des droits civils pendant un si long espace de temps, et les inconvénients résultant de l'exigence de la loi pouvaient être regardés comme compensés par la supériorité relative que constituait la position de demi-Français.

12. En outre, on ne pouvait pas encore reprocher au législateur l'inutilité de l'une des deux enquêtes prescrites. Le gouvernement, étant appelé à accorder une autorisation de domicile, ne pouvait le faire sans une enquête préalable, et plus tard, lorsqu'il s'agissait de la demande de naturalisation, la longueur du temps écoulé depuis l'admission à domicile nécessitait évidemment une seconde enquête (1).

13. Malgré la valeur de ces raisons, M. de Montigny, rapporteur de la loi à l'Assemblée législative de 1849, a présenté, pour justifier le maintien de l'obligation qui nous occupe, une considération puisée dans un autre ordre d'idées et peu satisfaisante à notre avis. La Commission de 1849 avait résolu de

---

(1) Ces observations ne s'appliquent pas à la naturalisation exceptionnelle, pour laquelle cependant l'admission à domicile est aussi exigée. Mais on comprend que la loi n'ait pas voulu créer deux procédures différentes tendant au même but et qu'elle se soit bornée, par une sorte de disposition accessoire, à abréger considérablement le délai du stage en faveur des étrangers qui ont rendu des services importants à la France.

Au surplus, il faut remarquer que, dans la matière de la naturalisation exceptionnelle, il n'y a jamais eu incertitude sur le point de savoir si l'on devait exiger de l'étranger l'autorisation du gouvernement conformément à l'article 13. Le sénatus-consulte du 26 vendémiaire an XI employant le mot *domicile*, on a décidé sans hésitation qu'il ne pouvait être question, pour l'étranger, d'un autre domicile que du domicile autorisé. Le sénatus-consulte du 19 février 1808, la loi de 1849 et celle de 1867 ont reproduit avec peu de modifications le sénatus-consulte de l'an XI.

donner au pouvoir exécutif la faculté de conférer la plénitude des droits civils et politiques sans aucune intervention du pouvoir législatif. Néanmoins il lui était resté des scrupules, et, sous l'empire de ces idées, le rapporteur déclare que, dans la pensée de la Commission, l'admission à domicile constituera souvent le maximum de faveur que le gouvernement octroiera aux étrangers et que la naturalisation, à raison de la valeur que lui donne la loi, ne sera accordée qu'*avec une certaine parcimonie* (1). La majorité de la Commission, en décidant que l'admission à domicile était le premier échelon à occuper pour tout étranger désireux de devenir citoyen français, entendait donc qu'elle serait aussi presque toujours le dernier, et, donnant au gouvernement un pouvoir illimité, cherchait à prévenir toute velléité d'en user trop largement, en lui laissant le moyen de satisfaire, quant à présent, les solliciteurs qui, une fois autorisés à fixer leur domicile en France, pourraient attendre longtemps qu'on leur accordât les droits politiques. L'Assemblée modifia le projet de la Commission relativement à la détermination du pouvoir compétent pour naturaliser et décida que l'étranger ne serait éligible à l'Assemblée nationale qu'en vertu d'une loi. Quant à l'admission à domicile elle demeura obligatoire.

II

LÉGISLATION ACTUELLE.

14. La loi du 29 juin 1867, sous le régime de laquelle nous vivons aujourd'hui, a reproduit purement et simplement les dispositions du 3ᵉ alinéa, n° 1, de l'article 1ᵉʳ de la loi de 1849. Il nous semble cependant que, dans l'état actuel de notre droit, le maintien de l'admission à domicile comme préliminaire obligé de la naturalisation peut être critiqué à beaucoup d'égards.

15. L'intérêt de l'étranger justifie-t-il dans une certaine mesure les prescriptions de la loi? La réponse va résulter de

____

(1) *Moniteur* de 1849, p. 3749. — On sait que, d'après la législation en vigueur avant la révolution de 1848, le droit de siéger dans les Chambres législatives ne pouvait être conféré que par le pouvoir législatif (Ord. du 4 juin 1814).

l'examen rapide des droits que l'autorisation du gouvernement confère à l'étranger établi en France.

En ce qui touche la contrainte par corps, la condition de l'étranger ordinaire est devenue la même que celle du Français depuis la loi du 22 juillet 1867.

Passons aux actions en justice. L'étranger, défendeur contre un Français, est privé du bénéfice de la règle : *actor sequitur forum rei* (art. 14, C. civ.). Est-il, à l'inverse, demandeur contre un Français, celui-ci peut, sauf plusieurs exceptions, refuser le débat tant que la caution dite *judicatum solvi* n'a pas été fournie par le demandeur (art. 16, C. civ.; 166 et 167, C. proc.). L'étranger admis à domicile, au contraire, peut invoquer le droit commun en matière de compétence (art. 59, C. proc.), et il est dispensé de la caution *judicatum solvi*. On lui reconnait même le droit d'invoquer contre l'étranger ordinaire les articles 14 et 16, C. civ., 166 et 167, C. proc. (1).

L'étranger qui n'a pas obtenu l'autorisation de fixer son domicile en France n'est pas susceptible d'obtenir le bénéfice de l'assistance judiciaire (Circ. du garde des sceaux du 4 nov. 1857).

16. L'autorisation d'enseigner ne peut être accordée qu'aux étrangers qui justifient de la jouissance des droits civils en France (art. 1er du décret du 5 déc. 1850). Encore cette jouissance ne suffit-elle pas et la qualité de Français est-elle nécessaire pour être nommé instituteur communal ou instituteur adjoint dans une école publique, inspecteur primaire, directeur ou maitre adjoint d'une école normale primaire ou pour être investi d'une fonction à titre définitif dans un établissement public d'instruction secondaire (art. 7, même décret).

17. Relativement au droit d'expulsion du territoire français, l'admission à domicile procure aussi à l'étranger une garantie sérieuse contre l'arbitraire administratif. En effet, ce droit, qui est illimité pour le ministre de l'intérieur vis-à-vis de l'étranger ordinaire, ne peut être exercé, au moins d'une façon définitive, contre le domicilié qu'après révocation de l'autorisation de domicile par un décret rendu après avis du Conseil d'Etat (Loi du 3 décembre 1849, art. 3 et 7) (2).

(1) Cpr. Aubry et Rau, t. VIII, § 748, p. 145, notes 39, 40, 41.
(2) Cpr. la loi belge du 7 juillet 1865, art. 2, § 1.

18. La jouissance des droits civils était nécessaire pour faire des versements à la caisse des retraites pour la vieillesse et pour profiter de ces versements. Il n'en est plus de même depuis la loi du 12 juin 1861, dont l'art. 3 est ainsi conçu : Les étrangers sont admis à faire des versements à la caisse des retraites pour la vieillesse aux mêmes conditions que les nationaux.

La jouissance des droits civils ne paraît pas non plus indispensable pour constituer le domicile de secours. Il est vrai que la simple résidence ne doit pas le faire acquérir à l'étranger.; mais d'autres circonstances que le domicile autorisé semblent devoir être considérées comme suffisantes : par exemple, un établissement en France, le fait de payer patente, etc. (1).

Au contraire, le droit de participer au partage des bois d'affouage dans une commune ne peut appartenir à l'étranger qui n'est pas domicilié dans les conditions de l'art. 13, C. civ. (C. for., art. 105, modifié par la loi du 25 juin 1874).

Nous omettons quelques autres cas peu importants, dans lesquels des règlements, des actes interprétatifs plutôt que des lois, exigent la jouissance des droits civils, mais non celle des droits politiques. Par exemple, pour se rendre adjudicataire d'une entreprise du ministère de la guerre, il faut au moins être légalement domicilié en France (Cahier des charges du génie militaire, art. 2).

19. En regard de ces avantages, plus ou moins sérieux, selon la situation particulière de chaque étranger, il convient de placer les inconvénients auxquels se soumet l'étranger qui sollicite l'admission à domicile. Il doit adresser une requête sur timbre, y joindre diverses pièces qu'il ne pourra guère se procurer sans frais et sans démarches (actes de l'état civil, certificats de moralité etc.), se soumettre à une enquête de la part de la police, acquitter des droits de sceau assez élevés, rester ensuite longtemps peut-être dans l'incertitude du succès, et s'exposer en fin de compte à essuyer un refus. La demande est-elle admise, ce seront, moins de trois ans après, nouvelles formalités, nouveaux soucis, nouveaux frais, pour obtenir cette

____

(1) Dalloz, *v° Secours publics*, n° 424.

fois le seul résultat auquel tendait l'étranger, pourvu encore que le gouvernement le juge à propos.

Ces embarras sont évidemment les mêmes pour tous, pour ceux qui tiennent à jouir des droits civils réservés aux nationaux, comme pour ceux à qui la jouissance de ces droit est à peu près indifférente.

20. Et ces derniers sont en majorité. Un étranger établi en France peut librement s'y marier, exercer la puissance paternelle sur ses enfants, être tuteur ou subrogé-tuteur de ses descendants, membre d'un conseil de famille, alors même qu'il s'agit de mineurs français (1), acquérir, aliéner à titre onéreux ou gratuit, contracter sous toutes les formes et même introduire une action en justice sans caution, soit lorsqu'il s'agit d'une affaire commerciale (et il faut noter qu'une grande partie des étrangers établis en France à titre définitif sont commerçants), soit lorsqu'il possède des immeubles suffisants en France. Il peut exercer tous ces droits sans autorisation de l'Etat, sans être astreint à des formalités gênantes et coûteuses. Croit-on que la possession de quelques nouvelles prérogatives ajoutera beaucoup à la facilité avec laquelle il supportera la durée du stage et qu'il se donnerait la peine de solliciter l'admission à domicile, si la loi ne l'avait déclarée constituer l'acheminement nécessaire à la naturalisation ?

21. Malgre ce défaut de proportion entre la valeur du but à atteindre et les inconvénients de la voie à suivre, on ne devrait pas hésiter à conserver la législation existante, si l'Etat y trouvait un intérêt sérieux. Cet intérêt existe-t-il ? C'est ce que nous allons rechercher maintenant.

En faveur de l'admission à domicile, on invoque trois arguments principaux :

1° Le gouvernement, éclairé par une première enquête sur la moralité de l'étranger, peut, en refusant l'autorisation, écarter immédiatement le candidat indigne, et il n'aura plus à s'en occuper. A ce raisonnement nous croyons faire une réponse péremptoire, en disant que, d'une part, la demande d'admission à domicile, repoussée une première fois, sera le plus souvent re-

(1) Cass., 15 févr. 1875, *J. de dr. int. privé*, 1875, p. 441. — Versailles, 1ᵉʳ mai 1879, même journal, 1879, p. 397. — Paris, 21 août 1879, *Droit* du 5 décembre.

nouvelée, il faudra bien encore prendre des renseignements et statuer à nouveau, surtout s'il s'est écoulé un certain délai depuis le premier rejet ; d'autre part, il importe peu que la décision défavorable intervienne sur la demande de naturalisation au lieu d'être rendue sur la demande d'autorisation de domicile. A quoi bon d'ailleurs exiger deux enquêtes relativement à la même personne à moins de trois ans d'intervalle ? La seconde enquête n'est-elle pas le plus souvent la reproduction de la première ? Et ne suffit-il pas de procéder à une enquête sérieuse, approfondie, lors de la demande de naturalisation ?

22. 2° Le décret d'admission à domicile, dit-on aussi, fixe exactement le point de départ du stage et avertit les autorités de la localité où réside l'étranger qu'elles doivent porter sur sa conduite une attention spéciale, afin de pouvoir en rendre compte dans la nouvelle enquête qui sera provoquée lors de la demande de naturalisation (1). Ce second argument n'a pas plus de fondement que le premier. On peut en effet observer d'abord que, depuis la loi du 29 juin 1867, ce n'est pas la date du décret d'admission à domicile qui forme le point de départ du stage, c'est celle de l'enregistrement de la requête à la Chancellerie, enregistrement qui a lieu toujours longtemps avant la promulgation du décret ; en outre, le fait de cet enregistrement reste ordinairement inconnu à la municipalité de la résidence de l'étranger, si elle ne s'est pas chargée de l'envoi de la demande. Au surplus, une déclaration d'intention faite à la mairie, qui devrait aviser la Chancellerie, offrirait, selon nous, précisément l'avantage qu'on attribue à tort à l'admission à domicile, sans en avoir les inconvénients. Ce système de déclaration d'intention était celui de la Constitution de l'an VIII.

23. 3° Une troisième raison était présentée par M. Chadenet dans son rapport sur le projet de loi de 1867. L'usage que l'étranger fait des droits civils donnerait la mesure de l'usage qu'il fera de la naturalisation. « C'est, » dit le rapporteur, « la meilleure épreuve (2). » Nous ne voyons pas en quoi l'exercice du droit de plaider sans fournir caution ou de diriger un établissement d'enseignement libre donnera la mesure des aptitu-

---

(1) M. Baroche, garde des sceaux, séance du Corps législatif du 23 mai 1867.
(2) Dalloz, *Recueil périod.*, 1867, 4° partie, p. 72.

des politiques de l'étranger plutôt que le fait de gérer un établissement de commerce ordinaire ou d'occuper un emploi quelconque en France. L'honorable rapporteur nous paraît avoir perdu de vue le peu d'importance des droits civils auxquels il faisait allusion en comparaison du grand nombre de ceux qui sont reconnus à tous les étrangers sans distinction.

III

LÉGISLATION COMPARÉE.

24. L'examen des autres législations modernes ne peut que fortifier notre opinion.

Sans avoir besoin de sortir du territoire français, nous pouvons d'abord invoquer l'exemple de la législation qu'on a cru devoir donner à l'Algérie, cette contrée qui n'est déjà plus une colonie, et que l'on assimile de plus en plus à la France continentale.

On sait que le sénatus-consulte du 14 juillet 1865, article 3, a supprimé la nécessité de l'admission à domicile pour les étrangers établis en Algérie qui veulent acquérir la qualité de citoyens français.

25. Les réformes que réalisait cet acte en matière de naturalisation étaient inspirées par un esprit de faveur à l'égard des étrangers, qui avaient contribué à l'amélioration et à la prospérité de notre colonie, « en y apportant des capitaux, de l'industrie, des méthodes perfectionnées de culture....., et qui aidaient à faire de la terre algérienne une terre française en en consolidant les fondements » (1). Ces considérations expliquaient la réduction du stage de dix ans à trois ans, et la suppression de la nécessité d'obtenir l'admission à domicile.

26. Mais pour cette dernière réforme, on donnait encore une raison spéciale. Nous la trouvons développée dans l'exposé des motifs du projet de 1857. « Le but que s'est proposé le législateur en exigeant l'admission préalable à domicile est pleinement atteint par la force même des choses en Algérie, où l'étranger, par le seul fait de son arrivée et de son éta-

---

(1) Delangle, Rapport au Sénat (Sirey. 65, 2, 88). On invoquait également l'intérêt politique de la France à ne pas voir sa colonie peuplée en grande partie d'étrangers.

blissement dans un centre où la population est toujours assez restreinte, appelle nécessairement sur sa personne et sur sa conduite l'attention et le contrôle de l'administration, marquant ainsi de lui-même l'origine du lieu qu'une résidence de trois ans viendra consacrer » (1). Et l'on concluait de cet état de choses que, la même situation n'existant pas en France, il n'y avait pas lieu d'apporter la même modification à la législation antérieure.

Cet argument, relatif à la fixation du point de départ du stage, n'est autre que celui dont nous avons parlé au n° 22, et nous croyons avoir suffisamment montré combien il était peu décisif. Ajoutons au surplus que, sérieux peut-être lorsqu'il s'agissait des petites localités algériennes, il était sans fondement quant aux villes importantes, telles que celles d'Alger, peuplée de plus de 60,000 habitants, d'Oran et de Constantine qui comptent chacune 40,000 habitants.

Quant aux considérations tirées de l'idée de faveur aux étrangers établis en Algérie, elles ne nous paraissent prouver qu'une chose : l'avantage qu'il y avait à débarrasser d'une obligation gênante et inutile des individus qu'on voulait traiter avec bienveillance. Mais s'il est constant que l'accomplissement de cette obligation n'a pas plus d'intérêt pour l'Etat en France qu'en Algérie, doit-on la conserver sous le prétexte que l'étranger établi en France a droit à moins d'égards que celui d'Algérie? L'assimilation des deux législations sur ce point s'impose avec d'autant plus de force que l'individu naturalisé en Algérie après trois ans de simple résidence peut venir en France exercer la plénitude de ses droits de citoyen français (2).

27. Parmi les principales législations étrangères, les unes n'assujettissent la naturalisation à aucune condition préalable de stage. Telles sont celles de l'Allemagne (loi du 1er juin 1870), de l'Autriche dans certains cas (3), de la Hongrie (4), de l'Italie

---

(1) Dall., 67, 4, 71. M. Delangle avait dit en 1865 : « Dans les villes d'Afrique, l'administration connaît, non pas le jour, mais l'heure même à laquelle l'étranger met le pied sur le sol africain. »

(2) Il existe bien, pour chaque colonie anglaise, une loi spéciale sur la naturalisation; mais la naturalisation acquise dans une colonie est sans effet dans la métropole (*Appendix to the Report of royal commissionners on naturalization and allegiance*, p. 96; sir A. Cockburn, *Nationality...*, p. 37, 38). — Au contraire, dans colonies françaises autres que l'Algérie, c'est la législation de la métropole qui est applicable. Loi du 10 juin 1874.

(3) Püttlingen, *Handb. des intern. Privatrechts*, p. 93.

(4) Püttlingen, *op. cit.*, p. 96 et 97.

(art. 10 du C. civil), etc. Un plus grand nombre d'Etats exigent une résidence antérieure d'une durée plus ou moins longue. Nous ne citerons, à titre d'exemple, que la Belgique (loi du 27 septembre 1835), la Grande-Bretagne (acte du 12 mai 1870) (1), les Etats-Unis d'Amérique (acte du 14 avril 1802 (2), la Russie (ukase du 6 mars 1864) (3), la Suède (statut de 1858) (4), la Suisse (loi du 3 juin 1876) (5), la Turquie (loi du 19 janvier 1869) (6). Or, dans aucun de ces Etats, la nature de la résidence n'est fixée d'une façon aussi précise, aussi rigoureuse que dans la loi française ; dans aucun de ces Etats, on ne subordonne la validité du stage à une autorisation préalable de l'autorité supérieure. N'y a-t-il pas là un appui solide pour les partisans de la suppression de l'admission à domicile ?

28. Ainsi nous invoquons l'intérêt des particuliers, c'est-à-dire des étrangers. On ne peut nous opposer sérieusement l'intérêt supérieur de l'Etat. Dès lors pourquoi conserver dans la législation une prescription inutile, et par cela même abusive, une disposition dont la raison d'être, réelle peut-être autrefois, a cessé aujourd'hui d'exister (7) ?

IV

PROJETS ANTÉRIEURS DE RÉFORME.

29. L'attention de nos législateurs a été appelée déjà plusieurs fois d'une manière spéciale sur la question que nous traitons ici. Nous signalerons la proposition de M. de Tillancourt en 1867, et celle que nous avons citée au début de ce travail.

Lors de la discussion de la loi de 1867, M. de Tillancourt présenta un amendement portant suppression de l'admission à

(1) *Ann. de lég. étr.*, 1872, p. 9 et suiv.
(2) *App. to Report*, p. 85.
(3) *Ibid.*, p. 26.
(4) *Ibid.*, p. 131.
(5) *Bulletin de la Soc. de lég. comp.*, mai 1878, p. 334 et suiv.
(6) Püttlingen, *op. cit.*, p. 101.
(7) Nous sommes heureux de pouvoir citer parmi les partisans de l'opinion que nous soutenons M. Louis Renault, professeur agrégé de droit des gens à la Faculté de Paris. V. *Bull. de la Soc. de lég. comp.*, juin 1878, p. 403.

domicile ; les trois années de résidence devaient courir à partir du jour où la déclaration d'intention aurait été enregistrée au ministère de la justice. L'amendement fut repoussé après une courte réponse de M. Baroche, garde des sceaux, rappelant les arguments que nous avons réfutés plus haut (1). Les auteurs du projet de loi déclaraient d'ailleurs que leur prétention était, non pas d'opérer une refonte de la loi de 1849, mais d'apporter seulement sur certains points, et notamment sur la durée du stage, des améliorations presque unanimement jugées indispensables.

La proposition de M. Escanyé tendait également, entre autres réformes, à la suppression de l'admission à domicile, mais sans la remplacer par une déclaration d'intention. Elle fut présentée à la Chambre des députés, le 20 février 1877 ; un rapport sommaire, concluant à la prise en considération, fut déposé à la séance du 17 mars 1877 (2). Depuis cette époque, il n'a plus été question de la proposition, qui cependant nous paraît loin d'être dénuée d'intérêt.

30. Avec l'honorable député de l'Aisne, et contrairement à la proposition de M. Escanyé, nous croyons utile de fixer par une déclaration d'intention le point de départ du stage. Cette obligation, d'une part, serait exempte des formalités, des frais, de l'enquête, en un mot, des inconvénients qu'on rencontre dans la législation actuelle, et elle aurait, d'autre part, l'avantage de démontrer à l'avance la sincère intention de l'étranger de devenir Français et d'empêcher la naturalisation précipitée d'un individu qui, tout en résidant en France depuis un temps suffisant, n'avait jamais vécu dans la pensée de demander la naturalisation, et ne songeait pas, la veille, à solliciter l'adoption que des circonstances fortuites lui rendent désirable aujourd'hui. Enfin la déclaration d'intention provoquerait une surveillance particulière de la part de l'administration sur la conduite de l'étranger.

31. Quand à la forme de cette déclaration, nous serions disposé à lui donner plus de solennité que ne le faisait M. de Tillancourt. Une simple lettre adressée à la chancellerie ne nous

<hr>

(1) V. le *Moniteur* du 24 mai 1867, p. 618.
(2) *Journal officiel*, 27 février et 27 mars 1877 ; annexes nᵒˢ 773 et 845.

paraît pas suffisante pour bien faire sentir à l'étranger l'importance du noviciat qui va commencer pour lui; en outre, à moins d'obliger la chancellerie à aviser la municipalité de la résidence de l'étranger, celle-ci ne connaîtrait pas le point de départ du stage. Nous préférerions une déclaration faite à la mairie, qui en délivrerait récépissé au déclarant et informerait le ministre de la justice. Le délai courrait de la date de la déclaration à la mairie (1).

32. La résidence devrait avoir un caractère sérieux de continuité, pour que le stage fût efficace. Une absence d'une certaine durée le suspendrait; si elle se prolongeait trop, il pourrait être considéré comme ayant été interrompu, en ce sens qu'une nouvelle déclaration serait nécessaire pour faire courir un nouveau délai de stage. Il est évident d'ailleurs que ces questions seraient toujours soumises à la libre appréciation du pouvoir chargé de statuer sur la demande de naturalisation (2).

<h1 style="text-align:center">V</h1>

DE L'ADMISSION A DOMICILE CONSIDÉRÉE ISOLÉMENT.

33. En proposant la suppression de l'admission à domicile comme préliminaire de la naturalisation, nous n'entendons pas préjuger la question de savoir si l'on ne devrait pas, sur le terrain des droits civils, assimiler complètement les étrangers aux Français. Cette égalité de l'étranger et du national, que le progrès du droit international privé fera entrer successivement dans toutes les législations, se trouve déjà consacrée par un certain nombre d'entre elles. La disposition la plus formelle et la plus libérale, dans cet ordre d'idées, est celle du Code civil italien, article 3, qui assimile l'étranger au sujet italien, sans même distinguer s'il réside ou non en Italie. La résidence (et

______

(1) Sous la constitution de l'an VIII, la déclaration d'intention était inscrite à la mairie sur un registre spécial et signée de l'étranger. Roll. de Vill., *Rép. de la jurispr. du notariat*, v° *Natur.*, n° 11.

(2) Nous laissons de côté la question de savoir si l'exercice de certaines fonctions hors de France pendant le temps prescrit pour la résidence remplit parfaitement le but de la loi. Toutefois nous pouvons dire que les raisons invoquées à l'appui de l'innovation contenue dans le troisième alinéa de l'article 1er de la loi de 1867 nous paraissent assez sérieuses.

3

encore n'est-ce pas une résidence autorisée par le gouvernement) n'est exigée que pour les étrangers qui seraient témoins dans les testaments (art. 788, C. civil) ou qui voudraient être propriétaires de plus d'un tiers de navire italien (art. 30 et 41 du Code de la marine marchande, du 24 octobre 1877) (1). Citons également l'acte anglais du 12 mai 1870, articles 2, 5 et 14 (2).

34. M. de Tillancourt proposa la suppression radicale de la catégorie des étrangers domiciliés avec l'autorisation du gouvernement, mais en se plaçant à un point de vue entièrement opposé à celui que nous venons d'indiquer. Au lieu d'étendre à tous les étrangers la jouissance des droits civils compris dans les termes de l'article 13, code civil, il voulait ne l'accorder qu'aux Français, et par conséquent aux naturalisés, alléguant que l'admission à domicile était nuisible aux intérêts du pays en conférant aux étrangers tous les avantages des Français de naissance, sans leur en imposer les charges. Aussi constate-t-on, ajoutait-il, sur 500,000 étrangers habitant la France, environ 150 admissions à domicile par an, et seulement 30 à 35 naturalisations (3).

Ce raisonnement nous paraît plus spécieux qu'exact. Il est certain, d'abord, que ce n'est pas octroyer aux étrangers tous les avantages de la qualité de Français que de leur refuser les droits politiques. Même en matière de droits civils, nous avons déjà montré combien peu l'autorisation de fixer son domicile en France améliorait la condition de l'étranger. Quant aux chiffres cités, ils ne nous étonnent nullement, vu l'époque à laquelle ils se rapportent. On peut trouver, de la disproportion signalée par l'honorable député entre les admissions à domicile

______

(1) *Journ. de dr. int. privé*, 1879.

(2) *Ann. de lég. étr.*, 1872, p. 9 et suiv. Le libéralisme de la législation anglaise doit être d'autant plus remarqué qu'il a apparu brusquement ; avant 1870, en effet, la condition des étrangers dans la Grande-Bretagne était très inférieure à celle des nationaux. L'acte de 1870 réalisait un vœu que sir Alex. Cockburn, lord-chief justice, dans l'intéressant ouvrage que nous avons déjà cité, formulait en ces termes : « In respect of civil rights, with the single exception of the ownership of British shipping for which settled residence, or even a license should be required, aliens should be placed on the same footing as subjects, without any reference to the principle of reciprocity. » P. 215 ; cpr. p. 177 à 182.

(3) *Moniteur* du 24 mai 1867.

et les décrets de naturalisation, d'autres raisons que celle qu'il présente. Étant donnée la longueur du stage sous l'empire de la loi de 1849, il pouvait très bien se faire que beaucoup d'étrangers admis à domicile ne pussent ou ne voulussent plus, par suite de circonstances nouvelles, obtenir la naturalisation après l'expiration des dix années (1). En outre, on comprend que le gouvernement se montre bien plus réservé pour la concession des droits politiques que pour celle des droits civils.

35. C'est un fait indubitable qu'actuellement très peu d'étrangers demandent l'admission à domicile sans manifester le désir d'obtenir la naturalisation (2), et si le chiffre des naturalisations prononcées par le gouvernement est encore sensiblement inférieur à celui des décrets d'admission à domicile, le motif de cette inégalité repose presque uniquement sur la différence de l'accueil que le pouvoir exécutif fait aux requêtes, suivant qu'elles tendent à l'obtention de l'une ou de l'autre faveur (3).

36. En résumé, on pourrait conserver dans notre législation la catégorie des étrangers admis à domicile, en attendant que le besoin de faciliter les relations internationales dans l'ordre du droit privé nous fasse adopter le système aussi simple que généreux du Code italien. L'admission à domicile pourrait être demandée par l'étranger qui y trouverait intérêt, et prendrait un caractère analogue à celui qu'elle a en Belgique et à celui de la *denization* en Angleterre (4). Mais en ce qui touche

(1) Cette explication n'est-elle pas corroborée par cette observation qui n'a pas été contestée, savoir, que sur le nombre de naturalisations prononcées, on en comptait un tiers ou même la moitié de privilégiées, c'est-à-dire accordées après un an seulement de domicile?

(2) Un certain nombre de demandes d'admission à domicile ne visant pas la naturalisation émanent de femmes d'étrangers établis en France, munies à cet effet de l'autorisation maritale. Elles ont pour but de devenir aptes à entrer dans l'enseignement en France, sans cependant abandonner la nationalité de leurs maris.

(3) D'après la statistique contenue dans les comptes rendus de la justice civile, il a été accordé : en 1875, admissions à domicile. . . 364
—   naturalisations.. 256
en 1876, admissions à domicile. . . 354
—   naturalisations.. 285

Il faut observer que dans le chiffre des naturalisations sont comprises beaucoup de réintégrations accordées aux Alsaciens-Lorrains, en vertu de l'article 18 du C. civ., sans condition de stage.

(4) « A denizen is in a kind of middle state between an alien and natural born subject and partakes of both of them » (Stephen's, *Comm. of the law of England*, IIᵉ vol., p. 410, nᵒ 3).

son rôle dans la procédure de la naturalisation, nous répétons, et c'est la conclusion que nous tirons de ces réfloxions, que l'historique de notre législation, l'intérêt des particuliers comme celui de l'Etat, l'exemple que nous fournissent les autres nations, tout concourt à démontrer l'utilité et l'opportunité de sa suppression.

REVUE GÉNÉRALE
DU DROIT, DE LA LÉGISLATION
ET DE LA JURISPRUDENCE
EN FRANCE ET A L'ÉTRANGER

DIRIGÉE PAR MM.

BARTHELON
Conseiller à la Cour de Limoges ;

Alph. BOISTEL
Professeur à la Faculté de droit de Paris ;

Max. DELOCHE
de l'Institut ;

Th. DUCROCQ
Doyen de la Faculté de droit de Poitiers ;

HUMBERT
Sénateur,
Ancien professeur à la Faculté de droit
de Toulouse,
Procureur général près la Cour des comptes ;

Edm. LABATUT
Juge d'instruction au tribunal de
Castres ;

Joseph LEFORT
Avocat à la Cour d'appel,
Lauréat de l'Institut ;

Fréd. MATHÉUS
Maître des requêtes au Conseil
d'État ;

MICHAUX-BELLAIRE
Avocat au Conseil d'État
et à la Cour de cassation ;

Aug. RIBÉREAU
Professeur à la Faculté de droit, à l'École de
commerce et d'industrie de Bordeaux.

H. BROCHER
Professeur de droit à l'Université
de Genève.

SUMNER-MAINE
Professeur de droit à l'Université d'Oxford,
Membre du Conseil supérieur de l'Inde.

AVEC LE CONCOURS D'UN GRAND NOMBRE DE PROFESSEURS, DE MEMBRES DE LA MAGISTRATURE
ET DU BARREAU FRANÇAIS ET ÉTRANGER

La **Revue générale du droit** paraît tous les deux mois par livraisons de chacune six feuilles *au moins* grand in-8° cavalier, format de nos grandes revues littéraires, et forme, à la fin de l'année, un fort volume de 700 pages environ, imprimé sur beau papier en caractères neufs.

Le prix de l'abonnement est de **16 fr.** pour la France et les pays faisant partie de l'Union générale des postes. — Pour les autres pays, les frais de poste en sus.

BOISTEL (Alphonse), professeur agrégé à la Faculté de Paris. — *Précis du cours de droit commercial* professé à la Faculté de droit de Paris. 2e *édition*, revue, corrigée et considérablement augmentée. 1878. 1 très-fort vol. in-8. 14 »

DUCROCQ (Th.), doyen et professeur de droit administratif à la Faculté de droit de Poitiers, etc., etc. — *Cours de droit administratif* contenant le commentaire et l'exposé de la législation administrative dans son dernier état, avec l'analyse ou la reproduction des principaux textes, dans un ordre méthodique. Cinquième édition, très augmentée, mise au courant de la doctrine, de la jurisprudence, de la statistique, des programmes des cours dans les Facultés de droit et des concours à l'auditorat au conseil d'État et à la Cour des comptes, pour ceux du ministère de l'intérieur, du ministère des finances, de l'administration de l'enregistrement, des domaines et du timbre, aux grades de commissaires et d'aides-commissaires de la marine, d'élèves consuls, etc. 1877. 2 très forts vol. in-8 compactes, contenant la matière d'au moins quatre volumes ordinaires. 18 »

KELLER (F.-L. de), professeur à l'Université de Berlin. — *De la procédure civile et des actions chez les Romains*; traduit de l'allemand et précédé d'une introduction par M. Charles Capmas, professeur à la Faculté de droit de Dijon. 1870. 1 beau vol. in-8. 9 »

LEFORT (Joseph), lauréat de l'Institut, avocat à la Cour d'appel de Paris. — *Cours élémentaire de droit criminel*. 2e édition, revue et augmentée. 1879. 1 fort vol. in-8. 8 »

SAVIGNY (de), professeur à l'Université de Berlin, membre de l'Institut de France. — *Le droit des obligations*. Traduit de l'allemand et accompagné de notes, par MM. C. Gérardin, professeur de droit romain à la Faculté de droit de Paris; et Paul Jozon, député, avocat à la Cour de cassation. Deuxième édition, revue, corrigée et augmentée. 1873. 2 forts vol. in-8°, sur beau papier vélin. 15 »

THÉZARD (Léopold), professeur à la Faculté de droit de Poitiers. — *Répétitions écrites sur le droit romain*. Deuxième édition, refondue et considérablement augmentée. 1879. 1 vol. in-12. 5 »

BARD et ROBIQUET, avocats à la Cour d'appel de Paris. — *Droit constitutionnel comparé.* — La constitution française de 1875 étudiée dans ses rapports avec les constitutions étrangères. 2e édition, revue et augmentée. 1878. 1 vol. in-12. 4 »

PERROT (Georges), membre de l'Institut. — *Essai sur le droit public d'Athènes* (Ouvrage couronné par l'Académie française). 1869. 1 vol. in-8°. 6 »

PÉTIGNY (J. de), membre de l'Institut. — *Études sur l'histoire, les lois et les institutions de l'époque mérovingienne*. 1851. 3 vol. in-8°. 18 »
Ouvrage couronné par l'Institut (Académie des inscriptions et belles-lettres).

RAMBAUD (Prosper), docteur en droit, répétiteur de droit. — *Précis élémentaire d'économie politique* à l'usage des facultés de droit et des écoles. 1880. 1 vol. in-18 jésus. 3 »